EIN KIND IM WACHKOMA

Christa von Kietzell-Scheunemann

EIN KIND IM WACHKOMA

EIN LEBEN MIT BEHINDERUNG

Bibliografische Information der Deutschen Bibliothek:
Die Deutsche Bibliothek verzeichnet diese Publikation in der Deutschen
Nationalbibliografie; detaillierte Daten sind im Internet über
«http://dnb.ddb.de» abrufbar.

© 2006 Christa von Kietzell-Scheunemann
Satz, Umschlagdesign, Herstellung und Verlag: Books on Demand GmbH,
Norderstedt

ISBN 10: 3-8334-4901-2
ISBN 13: 978-3-8334-4901-7

Nach mehr als 30 Jahren kann ich die Lebensgeschichte unseres Sohnes Rolf aufschreiben. Ich möchte damit Familien in ähnlicher Situation Mut machen und den Lesern die Unsicherheit im Umgang mit behinderten Menschen nehmen.

Christa von Kietzell-Scheunemann

März 2006

ZUM GELEIT

Ein Kind wird geboren: Freude und Dankbarkeit der Eltern.

Und dann die bittere Nachricht: Es hat einen schweren Herzfehler. Sorge und Trauer treten plötzlich an die Stelle von Freude über das Leben. Ärztliche Eingriffe, Operationen werden notwendig, um das Leben zu retten, zu erhalten.

Immer wieder Phasen der Zuversicht, der Hoffnung und Freude über Fortschritte der Entwicklung.

Selten kommt es vor, daß dieser hoffnungsvolle Weg je endet; mit einem Zwischenfall bei der nächsten Operation. Das Gehirn des Kindes ist geschädigt, unwiederbringlich geschädigt, – der Patient erwacht nie wieder zu einem vollen Bewußtsein: Wachkoma.

Aber Liebe und Fürsorge der Mutter, der Eltern erhalten dieses Leben, nehmen jede kleine Regung, jeden leisen Ton ihres Kindes hoffnungsvoll wahr.

Und so wird das Kind älter, behütet und getragen von der Liebe und Hingabe, bis es eines Tages friedlich einschlafen, sterben darf.

Diese ungewöhnliche, traurige und doch von Freude und Hoffnungen durchströmte Familien – und Kindheitsgeschichte wird hier geschildert; Trost und Mut für Familien mit ähnlichem Schicksal.

Prof. Dr. Ernst W. Keck März 2006

Unser Wunschkind

1967: Unser Wunschkind hatte sich angesagt.

Wir waren glücklich! Besonders ich sehnte mich nach einem Kind, einem Geschwisterchen für unsere inzwischen 7-jährige Tochter Eva aus der ersten Ehe meines Mannes.

Mit dem Eifer einer jungen werdenden Mutter nähte ich Babybettwäsche, kaufte Hemdchen und Höschen und lackierte alte Kindermöbel neu. Ich machte fleißig Schwangerschaftsgymnastik und ließ mich ganz gerne von meinem Mann und Eva verwöhnen. Mit Stolz trug ich Umstandskleider und nähte Eva aus gleichem Stoff Röckchen.

Als unser »Minki«, unser Mini-Kind sich mit Klopfzeichen und Fußtritten bemerkbar machte, war wieder eine routinemäßige Kontrolluntersuchung beim Frauenarzt fällig Er stellte ein –ich möchte sagen altmodisches – hölzernes »Hörrohr« auf meinen Mutterglücksbauch. Er lauschte lange und wieder und konstatierte dann: »Der Straßenlärm von draußen ist so laut, daß ich kaum Herztöne hören kann.«

Erst, als unser Sohn mit einem schweren Herzfehler geboren wurde, erinnerte ich mich wieder an diese fachärztliche Bemerkung.

In den kommenden Jahren habe ich vieles verkraftet. Aber besonders schmerzlich waren immer wieder achtlos daher gesagte Sätze.

Das begann mit der Hebamme, die mir nach der Geburt das blaue zyanotische Kind einmal kurz von weitem zeigte und meinte: »Ein Junge. Es ist alles dran. Es ist alles dran«.

Meine Ärztin ließ zu, daß ich vom Kreißsaal aus glücklich, aber erschöpft meinen Mann anrief: »Wir haben einen Rolf!« Mehr konnte ich nicht sagen, da mir der Telefonhörer abgenommen wurde.

An diesem frühen Sonntagmorgen mußte ich meinen Mann in dem Glücksgefühl lassen, einen Sohn zu haben. Erst Stunden später durfte mein Mann kommen. Jetzt erfuhren wir von der Ärztin, daß unser Sohn mit einem angeborenen Herzfehler sofort in die »Kinderklinik Rothenburgsort« verlegt worden war.

Da die Überlebenschance gering schien wurde mir nahe gelegt, abzustillen. Weil ich mit dem Abstillen erhebliche Probleme hatte und wiederholt die Hebamme aufsuchte, bekam ich den nun zu späten Rat: »Naja, sie hätten ja auch abpumpen können!«

Inzwischen war Rolf in die Kinderkardiologie im UKEppendorf verlegt worden, wo ein Herzkatheter, ein Ballonkatheter ihm das Überleben ermöglichte. Mit dem Kardiologen Professor Keck hatten wir lange und gute Gespräche. Er erklärte uns auch den Fehler des Herzens, eine Transposition der Großen Gefäße.

Endlich zu Hause

Nach 5 Wochen war Rolf so stabil, daß wir ihn endlich nach Hause nehmen durften.

Rolf entwickelte sich zu einem zufriedenen, fröhlichen, musikalischen Jungen. Zufrieden war er meistens, weil ihn jede körperliche Anstrengung doppelte Kraft kostete. Selbst der kindliche Trotz war ihm zu anstrengend. Für die Familie wurde es ein Balanceakt, ihn nicht zu verwöhnen, ihm nicht jeden Wunsch von den Lippen abzulesen und andererseits ihn nicht zu überfordern.

Ich erinnere mich z.B. an die Mondlandung der »Apollo 15«, die Eva und ich gerne im Fernsehen miterleben wollten. Rolf gefiel es überhaupt nicht, völlig unbeachtet zu sein.

Er wollte nicht mit uns fernsehen, wollte nicht spielen, maulte und quengelte, weinte und trotzte. Das war eine der wenigen Kraftproben, die aber diesesmal zu Evas und meinen Gunsten ausfallen mußte.

Am liebsten lag er rücklings, wie ein fauler Maikäfer, mit übereinander geschlagenen Beinen auf dem Teppich und schaute sich Bilderbücher an. Dabei dachte er sich immer neue Geschichten aus, die er halblaut vor sich her erzählte.

Gerne saß er stolz wie ein Spanier bei meinem Mann oder mir auf dem Fahrrad, vorne auf einem Kindersattel vor der Lenkstange. Dann sang er lauthals vor Vergnügen, manchmal sogar Melodien aus Mozarts »Krönungsmesse«, die er oft hörte, weil wir Eltern sie für ein Chorkonzert übten: »Kyrie eleison«!

Wenn Eva mittags aus der Schule kam, lief er ihr oft entgegen, schwer schnaufend, aber strahlend.

Als Folge der schlechten Blutversorgung auch des Kopfes, bekam Rolf im 3. Lebensjahr einen sterilen Hirnabszeß, der in der Eppendorfer Neurologie operativ entfernt werden mußte. Dafür wurde die Schädeldecke in örtlicher Betäubung geöffnet. Darum dauerte es später Monate, bis Rolf nicht mehr bei jedem Motorengeräusch weinte, sogar, wenn eine dicke Fliege am Fenster brummte.

Aus Sorge, daß sich ähnliche Komplikationen wiederholen könnten, entschlossen wir Eltern uns für die anstehende große Herzoperation noch im selben Jahr. Herr Professor Keck war uns und Rolf auch hier wieder mit guten Gesprächen eine ärztliche und menschlich wertvolle Hilfe.

Doch zunächst genossen wir den Sommer! Wir besuchten per S-Bahn Fahrt die Urgroßtante in Aumühle. In ihrem großen Obstgarten konnten wir »Kirschzwillinge« ernten, die man sich über die Ohren hängte, und sie hatte freilaufende Hühner, die »warme Eier« legten.

Wir machten alle vier zusammen Radtouren, mit Rolf als Kopilot auf Vatis Fahrrad und einer ausgebreiteten Wolldecke am Elbstrand, für die Mittagsruhe der »Männer«.

Und immer wieder klingelten wir gerne bei den Großeltern, die in der Nachbarschaft wohnten. Aus ersten Sprachübungen behielten Großvati und Großmutti Rolfs Namensschöpfungen: »Dodadadi« und »Dodudi«. Und Rolfs erster Weg war stets zu Dodudis Schrank mit der silbernen Dose voller Gummiteddys.

Im September mußte Rolf zu einem operationsvorbereitenden Herzkatheter wieder ins UKEppendorf.

Ich fuhr täglich mit öffentlichen Verkehrsmitteln in die Klinik, während die inzwischen 11 jährige Eva nach der Schule zur guten Großmutti ging die alles tat, um Eva nicht nur ein geregeltes, sondern auch ein schönes Leben zu ermöglichen.

Die Fahrt nach London zur ersten großen Herzoperation

Im November mußten wir mit Rolf zur großen Herzoperation nach London fahren.

Herr Professor Keck hatte uns den damals besten Chirurgen der Kinderkardiologie genannt: Dr. Stark im Londoner »Hospital for Sick Children«, und dazu den dort praktizierenden Dr. Graham B.A.M.D. In

London wurden seit Jahren große Herzoperationen am offenen Thorax unter Einsatz der Herz-Lungen-Maschine erfolgreich durchgeführt, während deutsche Kliniken noch erste Versuche bei Transpositionen der Großen Arterien machten.

Wieder war es für meine Mutter, die viele Male im Jahr auch andere Enkelkinder zu Besuch hatte, selbstverständlich, Eva zu sich zu nehmen. Eva war gerne bei den Großeltern und darum hatten wir um sie nicht so große Sorgen.

1971 war es für uns noch die billigste Möglichkeit, mit der Bahn nach London zu fahren.

Offensichtlich hatte England damals große Angst vor Einwanderern und dem Einschleppen von anstekkenden Krankheiten. Jedenfalls landeten wir nach der Fährüberfahrt von Ostende nach Dover in einer riesigen Zollhalle. Am Kontrollschalter mit Einzelabfertigung, wie sie heute höchstens noch bei der Einreise nach Rußland üblich ist, wurden wir genauestens nach dem Grund unserer Einreise und der Dauer unseres Aufenthaltes befragt.

Völlig arglos gaben wir an, mit unserem kranken Kind auf unbestimmte Zeit ein Londoner Krankenhaus aufsuchen zu wollen. Da trifft wörtlich das Sprichwort zu »Ehrlich währt am längsten«! Wir wurden aufgefordert, dem Beamten in eine Art Drahtverhau zu folgen, in einen riesigen »Käfig«, in den alle Menschen gesperrt wurden, die man nicht ohne weiteres einreisen lassen wollte.

Nun mußten wir in englischer Sprache die »Krankheit« unseres Kindes erklären, vor allen Dingen versichern, daß sie nicht ansteckend sei und genaue Angaben zum Krankenhaus machen. Wir hatten nur den Namen und die Anschrift, aber keine Telefonnummer der Londoner Klinik. Unser Überweisungspapier wurde nicht als ausreichend akzeptiert.

Rolf wurde von einem Arzt der Zollbehörde untersucht, während wir immer wieder darum baten, man möge versuchen, Kontakt mit Dr. Stark aufzunehmen.

Nach mehr als 2 Stunden, nachdem Dr. Graham telefonisch dem Zoll versichert hatte, daß wir erwartet würden, entließ man uns. Der weiterführende Zug nach London war natürlich längst abgefahren, so daß wir – irritiert durch die Ereignisse und mit einem müden, erschöpften Kind – die nächste Zugverbindung heraussuchten (Diese Begebenheit berichte ich so ausführlich, weil sie sehr erniedrigend und nervlich belastend für uns war.)

Um so wohltuender erlebten wir den überaus freundliche Empfang im «Hospital for Sick Children«.

Vor und nach der 6 stündigen Operation, einer sogenannten »Korrektur der großen Gefäße nach Mustard«, durften wir bei Rolf sein. Auch auf der Intensivstation war man sehr großzügig. So konnte ich Vermittlerin sein zwischen den englischsprechenden

»nurses« und dem kleinen Kerl, der rührend geduldig war. Bald wurde er der Liebling der Station 7A und verstand die Schwestern besser, als ich.

Mein Mann half sich über diese Wochen, indem er mit den roten Stadtbussen kreuz und quer durch London fuhr und sich ablenkte. Er löste mich zwar regelmäßig in der Klinik ab, aber mich zog es doch sehr bald immer wieder zu Rolf. Trotzdem war ich froh und dankbar, meinen Mann in der Nähe zu haben, als Eltern gemeinsam während der Operation gewartet zu haben und uns gegenseitig stärken und ermutigen zu können.

Heimkehr nach Hamburg

Rolf erholte sich zusehends, so daß wir nach 5 Wochen, im Advent 1971, nach Hause fliegen konnten.

Rolf machte weiter gesundheitliche Fortschritte, hatte keine Anzeichen von Zyanose mehr und keine Dyspnoe, dafür war er stolz auf seinen »Reißverschluss« quer über den Brustkorb und den halben Rücken. Für Aktivitäten, die ihm vor der OP Mühe machten und die ihn jetzt kaum mehr anstrengten, lobte er sich selbst mit den Worten, die er von den Londoner Ärzten oft gehört hatte: »good boy!«

Wir feierten ein festliches Weihnachten. Der Text von Jochen Kleppers Weihnachtslied, in dem es heißt

»Auch wer zu Nacht geweinet, der stimme froh mit ein. Der Morgenstern bescheinet auch deine Angst und Pein«, bekam für uns eine persönliche Bedeutung.

Der Tannenbaum war auch in diesem Jahr ein Geschenk aus dem Wald von Rolfs Patenonkel Horst. Auf dem Gabentisch lag eine Geige für Eva und eine Flöte für Rolf.

Das gab ein vergnügtes Probieren der ersten Töne und auch der Vati setzte sich mal wieder für Weihnachtslieder ans Klavier.

In diesem Winter fror die Alster zu. Ein seltenes Naturschauspiel, das tausende Hamburger auf das Eis lockte. Eine gewisse körperliche Trägheit war noch typisch für Rolf. Aber über das Alstereis lief er tapfer mit, wenngleich die Glitschen ihm doch zu unheimlich waren. Da blieb er lieber an meiner Hand. Zu Hause hat er dann seinem Teddy lange Geschichten vom Eis erzählt. Ich stellte ein Mikrofon hinter die leicht geöffnete Zimmertür, um unbemerkt diese Geschichten aufzufangen. Ich ahnte damals nicht, welch kostbaren Schatz ich für spätere Jahre auf der Cassette konservierte. Jetzt haben wir Rolfs Stimme!

Im Frühsommer verschlechterte sich Rolfs Gesundheitszustand.

Noch stieg er im Garten hoch auf die Leiter, um Kirschen zu ernten. Der Vati stand dabei und war stolz auf seinen Sohn. Die Mutti stand dabei und rang ängstlich die Hände. Rolf strahlte und Eva bekam die Ernte in den Rock geworfen.

Aber immer häufiger weinte Rolf und mochte nicht essen. Die Atemnot verstärkte sich wieder und zunehmende Wasseransammlungen im Bauch wurden deutlich. Schließlich riet uns der Kinderarzt, stationär den Körper durch punktieren des Bauchraumes zu entlasten.

Wieder Krankenhaus! Was mag Rolf empfunden haben?

Ich durfte keine Gefühle an mich heran lassen. Ich mußte nach außen hin stark und fröhlich sein. Ich musste Rolf trösten, ohne die Situation dramatisch zu machen. Das hatte ich von meine Mutter gelernt, die diese Kunst beherrschte, wenn wir vier Kinder krank waren oder eine von uns gar ins Krankenhaus mußte.

Rolf hat nie geweint oder »eine Szene gemacht«, wenn ich ihn nach täglichen Besuchen in der Klinik wieder verlassen mußte. Er hatte seinen kleinen Rekorder, den er selbst bedienen konnte und auf dem er immer und immer wieder seine Kinderlieder hörte und mitsang. Und er hatte das Vertrauen, daß ich oder der Vati oder die Dodudi am nächsten Tag wiederkommen würden.

Ja, die Großmutti war wieder unsere ganz liebe Hilfe und sorgte dafür, daß Eva nicht zu kurz kam.

Zweimal wurde im UKEppendorf versucht, das Wasser zu punktieren, aber das eingeführte Drainageröhrchen saugte sich innerhalb des Bauchraumes fest, anstatt das Wasser abzusaugen. So, für einen Laien verständlich, wurden uns jedenfalls die wiederholten Eingriffe erklärt.

Nach drei Wochen ohne erkennbaren Erfolg bat ich um ein Gespräch mit dem behandelnden Arzt. Seine einzige Antwort war: »Junge Frau, nun haben sie doch mal ein bißchen Geduld!«

Besuch von Kindern war damals in dieser Klinik nicht erlaubt. Aber als wir Rolf abholten, durfte Eva mitkommen. Ich werde nie vergessen, wie sich die beiden Geschwister laut jubelnd auf dem langen Flur entgegen liefen und sich stürmisch umarmten!

Die Kinder freuten sich über einige heiße Sommertage mit Planschbecken im Garten, nackedei zwischen blühenden Blumenbeeten herumtollen und der Ernte reifer Erdbeeren. Unser Garten war ein kleines Paradies, nicht übermäßig gepflegt, aber gerade darum gemütlich und mit einer Rasenfläche unter großen alten Obstbäumen, die nicht empfindlich war, also familiengerecht. Sich in der großen Schiebkarre vom Vati durch den Garten kutschieren zu lassen und auch mal mit zu »arbeiten«, d.h. Unkraut zu zupfen, war sehr beliebt.

Die zweite große Herzoperation

Dieses Glück dauerte nicht lange.

Uns Eltern hatte Herr Professor Keck gesagt, daß eine zweite große Herzoperation nötig sei. An den künstlichen »Patch«, der seit der ersten Operation die Großen Gefäße innerhalb des Herzens umleitete, hatten sich Thrombozyten gesetzt, die lebensbedrohlich wurden.

Es hieß, wir müßten auf einen freien Termin warten. Um so erschrockener war ich, als ich schon wenige Tage später – ich kam gerade vom Einkaufen und plante unser Mittagessen – einen Anruf vom UKE bekam: »Sie müssen morgen mit ihrem Sohn nach London fliegen. Alles ist für sie organisiert, das Flugticket, der Transport in London und das Hotel für die Eltern.«

Nach dem Dilemma bei der ersten Reise in das Londoner Krankenhaus war jetzt die Organisation perfekt und half uns sehr. Dennoch war ich etwas kopflos. Mein Mann konnte sich dank sehr guter Kollegen und Vorgesetzten spontan für diesen Anlaß einige Tage Urlaub nehmen. Meine Eltern waren wieder sofort bereit, Eva zu sich zu nehmen. Das inzwischen 12-jährige Mädchen siedelte wieder einmal mit zahlreichen bunten Plastiktüten, für die sie einen mädchenhaften Faible hatte, zu den Großeltern um.

Aber wie sollte ich Rolf diesen plötzlichen OP-Termin erklären?

Ich griff zu einer Notlüge, für die ich mich bis heute schäme: Die Schwester meines Mannes, die von Rolf geliebte Tante Illa, hielt sich zufällig mit einem Kollegen zu einem Kongreß in London auf. Das wußte Rolf, da die Tante bei uns im Hause wohnt und Rolf sie fast täglich besuchte. »Wir fahren zu Tante Illa nach London!«

Davon war das kleine Kerlchen begeistert, zumal er mit London offensichtlich nicht die Assoziation »Krankenhaus« verband. Ich schämte mich, ich war feige, er tat mir leid.

1972: Bei diesem zweiten Besuch im »Hospital for Sick Children« lief von Anbeginn alles anders. Ich kann es nicht Schicksal nennen. War es Zufall? Rolf kam nicht auf dieselbe Station, wo er sich wohlgefühlt hatte, weil alle so nett zu ihm waren. Er lag jetzt in einem Sechsbettzimmer, zusammen mit überwiegend indischen Kindern, deren Sprache er nicht verstehen konnte. Er hatte ein zu kleines und sehr hohes Bett, aus dem er schon in der ersten Nacht hinaus fiel und sich den Fuß arg verstauchte.

Der OP-vorbereitende Herzkatheter wurde diesesmal in London verlegt. Darauf mußten wir allerdings sieben Tage warten. Warum war unser Termin nach

London so kurzfristig angesetzt? Dafür hatte die in dem Zusammenhang durchgeführte Bauchpunktion mehr Erfolg als in Hamburg.

Danach vergingen noch einmal 7 Tage bis zur großen Operation.

Mein Mann und ich versuchten, uns abzulenken, indem wir halfen, andere Kinder zu füttern und mit ihnen zu spielen, da die wenigsten Kinder Besuch von ihren Eltern bekamen.

Am Operationstag schlichen die Stunden für uns endlos dahin. Wir trauten uns nicht, aus dem Haus zu gehen, wir wollten in Rufnähe bleiben. Es gab einen Aufenthaltsraum für Angehörige, in dem ein Fernseher einen Kriegsfilm mit kämpfenden deutschen Soldaten zeigte. Wir waren außerstande, uns diesen Film anzuschauen. Darum verdrängten wir unsere Unruhe, indem wir an einem großen Puzzle arbeiteten, stundenlang.

Für die Nacht bot man uns ein Zimmer im angrenzenden Schwesternhaus an, mit Telefon am Bett. Wir dachten nicht darüber nach, ob das eine Bedeutung hätte.

Erst, als wir nachts einen Anruf bekamen, daß wir auf die Intensivstation kommen sollten, wurde uns Manches klar. So auch die Maßnahme, daß wir im Gegensatz zur ersten OP Rolf nicht im Aufwachraum sehen durften.

In einem sehr freundlichen und ausführlichen Gespräch, aber mit englischen Fachwörtern und mitten in schlaftrunkener Nacht, sprach der Chirurg Mr. Stark von plötzlich aufgetretenen und nicht erklärlichen Komplikationen.

Ein lebensbedrohlicher Zwischenfall

Erst am nächsten Tag begriffen wir richtig, daß das Problem nicht das Herz sei, sondern das Gehirn: Eine kurze, aber folgenschwere Sauerstoffunterbrechung im Gehirn während oder nach der OP.

Wir durften jetzt zu Rolf, obwohl er abgeschirmt auf der Intensivstation lag und an etliche Geräte, Infusions- und Drainageschläuche und künstliche Beatmung angeschlossen war.

Mit dem Unfaßbaren lebten wir in den folgenden Tagen wie hinter einem Schleier.

Ich weinte viel. Aber nur mein Mann sah meine Tränen. Er litt auch, wurde sehr still.

Einmal sagte er zu mir: »Du hast es gut, du kannst weinen. Mir sind die Tränen in Rußland versiegt, in der Gefangenschaft, als ich 19 Jahre alt war.«

Man ließ uns jederzeit zu Rolf. Aber die Situation, das Bild das sich uns bot, der Zustand von Rolf veränderte sich nicht.

Aber er lebte!

Das operierte Herz schlug! Das bedeutete für mich: Leben!

Die Hirnströme jedoch waren im EEG als Null-Linie verzeichnet. Das bedeutet aus medizinischer Indikation: Klinisch tot. Man sprach von Hirntot.

Damals, und viele Jahre danach las ich Literatur, hörte Vorträge und sprach mit Fachleuten über den Begriff »Tot«.

Ist der Mensch tot, wenn das Herz aufhört zu schlagen oder wenn das Gehirn aufhört, zu arbeiten? Was gilt als Todeszeitpunkt? In dem Zusammenhang habe ich mich auch viel mit dem Thema »Organspenden« beschäftigt.

Rolf war hirntot.? -- Die Ärzte in der Londoner Klinik hatten uns kondoliert!

Ich wollte das nicht wahr haben. Ich wollte, daß Rolf lebt! Darum mußte ich alles probieren, damit wir mit Rolf bald nach Hause reisen konnten.

Ich bat darum, auf eigene Verantwortung die künstliche Beatmung abzustellen.

Rolf atmete selbständig!

Er wurde weiter künstlich ernährt. Auf mein Drängen und wieder auf meine eigene Verantwortung wurden die Infusionen entfernt und eine Nasensonde verlegt, die direkt in den Magen führte.

Und der Magen nahm es an!

Jetzt hieß die Diagnose: Koma.

Der deutsch sprechende Dr. Graham erklärte uns, daß man von einem Koma spricht bei der schwersten Form einer quantitativen Bewußtseinsstörung, ausgelöst durch schwerste Störungen der Großhirnfunktion. Der Patient könne auch durch starke äußere Stimulation nicht geweckt werden Dieser Zustand sei zumeist lebensbedrohlich.

Da lag unser Stöpsel, wie er sich selbst so gerne genannt hatte, da lag er auf der Intensivstation eines Londoner Kinderkrankenhauses, nackt, ausgestreckt, an Meßgeräte angeschlossen, tief schlafend, an Leib und Seele absolut bewegungslos.

Aber er lebte!

Mein Mann mußte nach einigen Tagen wieder nach Deutschland zurück. Er konnte sich nicht länger vertreten lassen. Ich fühlte mich wie halbiert. Andererseits war ich mit aller Kraft, mit Nerven und Gemüt auf Rolf fixiert. Dabei blieb ich äußerlich so sachlich und ruhig, wie keine von den anderen Müttern dort.

Im Wachkoma nach Deutschland zurück

Nach etwa 14 Tagen öffnete Rolf die Augen.

Heute nennt man diesen Zustand Wachkoma. Meine medizinstudierte Schwester schrieb mir dazu: »Im Gegensatz zum Koma liegen die Patienten scheinbar wach im Bett, sind aber nicht durch äußere Reize erreichbar. Der Blick geht starr und unfixiert ins Leere. Man nimmt an, daß es zu einer Entkopplung der Großhirnrinde vom restlichen Gehirn, insbesondere vom Hirnstamm, kommt. Die vom Hirnstamm gesteuerten Funktionen des vegetativen Nervensystems (Atmung, Herzkreislaufregulation und Schlafwachrhythmus) sowie einige Reflexe bleiben teilweise erhalten. Dagegen sind keine zielgerichteten Muskelbewegungen erkennbar. Auch die differenzierte Empfindungsfähigkeit und die Weiterverarbeitung von Sinnesreizen sind ausgefallen.

Der medizinische Ausdruck für Wachkoma heißt: Apallisches Syndrom«.

Ob eine Luftembolie oder eine ins Gehirn gewanderte Thrombose oder Narkoseschaden die Ursache war, ob man das Koma oder Wachkoma oder Apallisches Syndrom nennt – das alles war uns im Augenblick und eigentlich auch später unwichtig. Es half niemandem.

Den Transport und den Flug nach Deutschland organisierte das Londoner Krankenhaus und stellte uns sogar eine Krankenschwester zur Verfügung, die uns bis nach Hamburg in das »Kinderkrankenhaus Bleikenallee« begleitete. Rolf lag wohlversorgt auf einer speziellen Trage, auch im Flugzeug. In Fuhlsbüttel stand auf dem Rollfeld ein Krankenwagen bereit.

Während die liebevolle und fürsorgliche nurse sich nicht genug über die »grüne Stadt« und das über und

über mit Efeu und Geranien bewachsene Kinderkrankenhaus begeistern konnte, lief für mich alles wie in
einer Art Film ab.

Einige Tage später bekamen wir einen Brief von
dem Londoner Chirurgen Mr. Stark, der uns bewegte:
»Dear Mr. & Mrs. Scheunemann, I was very sorry I
was unable to say goodbye when you were leaving the
hospital with Rolf. We have discussed the situation
repeatedly, but even so it was and it still is very heard
for me to accept that the final was not different... It
is very difficult to express in word what I and all the
staff here feel, when a severe complication like this one
occurs... If there is anything further you would like
to discuss with me, please do not hesitate to write at
any time. Yours sincerely, J. Stark. M.D.«

In den folgenden Wochen fuhr ich täglich mit dem
Fahrrad in die nicht weit entfernte Kinderklinik. Ich
konnte dort nicht viel ausrichten. Rolfs Zustand veränderte sich nicht.

Aber ich konnte den Ärzten und Schwestern der
Station deutlich machen, daß wir ihn nicht als »hoff-
nungslosen Fall« in eine Klinik abgeschoben hatten,
sondern daß er UNSER Kind ist.

Unser Kind, das hieß: Auch Eva und mein Mann
zeigten ihre Liebe zu Rolf, indem sie Verständnis
hatten für meine eingeschränkte Zeit für die übrige
Familie. In kindlichem Eifer plante Eva, den Beruf der Krankenschwester zu lernen, damit sie ihren

Bruder fachgerecht pflegen könne, wenn die Eltern alt sind.

Mit Hilfe der freundlichen, fast mütterlichen Stationsschwester Maria probierten wir schließlich, zusätzlich zur Flüssigkeitsgabe durch die Nasensonde, Rolf mit einem Löffelchen Breinahrung in den Mund zu schieben. Ein Logopäde zeigte uns, wie man den Schluckreflex auslösen kann. Das war sehr mühsam, gelang aber grammweise.

Rolf schluckte.

Willkommen Zuhause

Im Advent beschlossen wir, Rolf nach Hause zu holen.

Der Kommentar des Stationsarztes war dazu: »Und das wollen sie sich ausgerechnet zu Weihnachten antun?«

Was wollten wir uns antun? Dieses Menschlein war doch unser Kind!

Nun lag es zuhause in seinem Bett. Und wir standen fassungslos davor und begriffen hier erst richtig das Ausmaß der Hilflosigkeit: Rolf zeigte keine Reaktionen, bewegte sich nicht, sah nicht, hörte nicht, sprach nicht, spürte nichts.

Aber das operierte Herz schlug wunderbar!

Der Alltag mit Rolf bestimmte von nun an unser

Leben. Andererseits ging es auf Dauer – auf unbestimmte Dauer – nur, wenn Rolf unser Leben nicht »beherrschte«.

Besonders ich mußte immer wieder darauf achten, daß die Familie trotz aller Belastung nicht zu kurz kommt, Eva und mein Mann genügend Wärme und Aufmerksamkeit finden.

Wir wurden oft gefragt, warum wir nicht mit den Londoner Ärzten prozessierten, denn es sei ja ein großes Unglück für uns und Rolf. Wir konnten darauf nur immer wieder die gleiche Antwort geben: Der Chirurg Mr. Stark hatte uns versichert, daß sie den Grund des Zwischenfalls nicht erkennen konnten. Von Narkosezwischenfall war in London nie die Rede gewesen, wenngleich das später von Hamburger Ärzten behauptet wurde.

Und was hätte uns ein Prozeß gebracht?

Monatelange, nervenaufreibende, teure Untersuchungen und Verhandlungen, höchstwahrscheinlich ohne Erfolg. Rolf wäre dadurch nicht gesund geworden, wir Eltern aber krank.

Für die finanzielle Tragbarkeit zeigte sich unsere Krankenversicherung sehr kulant und liebe Verwandte halfen uns – nicht alleine mit Worten. Meine 80-jährige Patentante legte spontan für Rolf ein Sparbuch an.

Nicht nur diese finanzielle Absicherung, nein- sehr viel mehr die vielseitig freundliche Zuwendung war uns Stütze für dieses neue, außergewöhnliche Leben: Hannelore brachte mir »einfach mal so« eine langstielige Rose. Herr Professor Keck schaute auf dem Nachhauseweg mehrere Male kurz bei uns herein, nur um ein paar freundliche Worte zu sprechen. Mechthild und Rudolf standen an einem Sonntagnachmittag vor unserer Tür und schickten uns für zwei Stunden in den Volkspark, während sie bei Rolf blieben.

Wie geht es weiter?

Rolfs willenloser Körper gewöhnte sich allmählich an Nahrungsaufnahme, Verdauungsprozedur, Wachen und Schlafen durch peinlich eingehaltene Zeiten. Den Nachtrhythmus zu finden bereitete Rolf und uns allen monatelang die größten Schwierigkeiten. Das apallische Schreien, ein lautes, gleichförmiges Schreien, weckte uns nachts viele Male. Immer wieder versicherten die Ärzte uns, daß dieses kein Ausdruck von Schmerz, Kummer oder Unruhe sei, sondern eben mit dem Syndrom zusammen hinge, ein unbewußtes Schreien. Mich hielt es trotzdem nicht im Bett. Und vorübergehend konnte ich tatsächlich Rolf beruhigen, indem ich ihm die kalten Füßchen massierte und ihn im Zimmer herum trug. Ich drückte sein Herz an meinen Herzschlag, ich blies ihm meinen regelmäßigen Atem ins Gesicht. Später sang ich Schlaflieder auf eine Cassette. Die spielte ich an seinem Bett ab in der Hoffnung, daß meine Stimme ihn beruhigt. Manchmal war ich so übermüdet, daß ich weiterschlief wenn ich merkte, daß mein Mann aufgestanden war, wenn auch im Halbschlaf, um zu Rolf zu gehen.

Die durch den Hirnausfall bedingte Bewegungslosigkeit führte bald zur Versteifung der Arme und Beine. Um das und die sich entwickelnde Tetraspastik zu lindern, kam einmal wöchentlich eine Krankengymnastin zu uns. Sie bemühte sich redlich, doch die Beugekontrakturen in den Armen und die steife Extension und Adduktion der Hüften und Beine verfestigte sich.

Trotzdem gelang es uns, Rolf in einen Sessel zu setzen, abgestützt mit raffiniert zurechtgeschnittenen Schaumstoffteilen.

Unser nächster Versuch war Rolfs ehemalige Sportkarre, die ich mit Sperrholz und Schaumstoffkeilen umrüstete. Ich bat meinen Mann, von Bundesbahnkollegen ein Kopfpolster, wie sie in 1.Klasse-Abteilen der damaligen Fernzüge üblich waren, zu erfragen. Zum fixieren des Kindes, seinen spastisch verkrampften aber haltlosen Körper vor dem Umfallen zu schützen, benutzten wir die »Pferdeleine« aus der Zeit der ersten Laufübungen des Kleinkindes.

Ein Jahr später, 1974, trauten wir uns eine »Maleski-Karre« zu kaufen, einen fahrbaren Spezialsitz für schwerbehinderte Kleinkinder.

Und allen Bedenken des behandelnden Kinderarztes zum Trotz erreichten wir endlich unser Ziel, Rolf in einem Rollstuhl spazieren fahren zu können.

Was hier in drei Sätzen dargestellt ist, war ein monatelanger Prozeß immer neuer Versuche, Ideen, Rückschläge und Erfolge.

Wir fragten uns nie: Was hat Rolf davon? Wir konnten es nicht wissen. Er gab uns kein sichtbares Zeichen. Seine Augen waren geöffnet, aber er schaute uns nicht an.

Ich blendete ihn mit einer Lampe, aber er verschloß die Augen nicht. Trotzdem fuhren wir ihn im Rollstuhl durch den Garten, durch den Wald, immer wieder unter Bäume. Ich hoffte, das Spiel von Licht und Schatten, die durch das Blattwerk der Buchen und Birken brechenden Sonnenstrahlen würden ihn erreichen, seine Sinne reizen. Seine Augen waren doch gesund!

Er sollte wenigstens die Chance haben, etwas zu sehen.

Wir sprachen mit ihm, sangen für ihn, stellten seinen Cassettenrecorder mit den Kinderliedern, die er früher mitgesungen hatte, an sein Bett. Über den »Radio-Basar« des NDR bekam ich für unser ehemals musikalisches Kind etliche Spieluhren mit zarten oder frischen Melodien geschenkt. Die zog ich ihm auf, wenn er alleine im Bett lag. Er sollte wenigstens die Chance haben, etwas zu hören.

Sonnenwärme auf der Haut, Wind im Haar, Regentropfen im Gesicht, rauhe Wolle, weiches Schaffell, Bürsten in der Handinnenfläche, seidige Blütenblätter aus dem Garten: Alles probierten wir.

Er sollte wenigstens die Chance haben, etwas zu spüren.

Rolf gehörte zu unserem Leben. Darum ließen wir ihn an allem teilhaben, soweit es mit dem Rollstuhl ging. Er saß dabei, wenn wir Besuch hatten. Ich nahm ihn mit zum Einkaufen. Eva brachte ihre Freunde mit und sagte selbstverständlich: »Das ist mein Bruder!« Wir nahmen Rolf mit zur Wochenend-Chorfreizeit und zum Familientag. Er sollte wenigstens die Chance haben, dabei zu sein.

Andererseits wußten wir, daß wir die Kraft zum dauerhaften Durchhalten nur haben würden, wenn Rolf nicht ausschließlich maßgebend sei. Das hieß zum Beispiel, daß wir ihn auch mal alleine in der Wohnung lassen mußten. In sicherer Seitlage im Bett liegend ließen wir ihn tagsüber oder abends stundenweise ohne Aufsicht.

Auch noch nach Jahren war es uns ein eigentümliches Gefühl, das wir uns klar machen mußten: Rolf kann nicht Angst haben, weil er alleine ist, er kann nicht traurig sein, er wartet nicht auf uns. Im letzten Winkel meines Mutterherzens brauchte ich lange, um das zu akzeptieren.

In diesen Jahren lernte ich das Verdrängen, das Verdrängen meiner Sorge, meiner Gefühle, auch das Verdrängen meiner zeitweiligen Wut, meiner Ohnmacht und Hilflosigkeit.

Die Psychologie lehnt das Verdrängen als schädlich für Leib und Seele ab. Mir hat es geholfen, hat mich sogar befreit und neu gestärkt.

Viel geholfen hat uns wiederum unser Gottvertrauen, unsere Gebete, der Glaube daran, daß Gott mit Rolfs Schicksal etwas bewirken will, was wir im Augenblick nicht erkennen. Und wir wußten, daß viele Menschen für Rolf und uns beten. Meine Mutter sagte einmal, während der Stunden der Operation hätte sie so intensiv für Rolf gebetet, daß sie Herzschmerzen bekam.

Doch wir wußten auch, daß es töricht wäre, Gott nach dem »Warum« zu fragen.

Wir bekommen viel Hilfe

Zum Auftanken unserer eigenen Kraft konnten wir einmal im Jahr Rolf in die »Gastweise Unterbringung« des Hamburger Spastiker-Vereins geben. (Heute heißt der Verein » Leben mit Behinderung Hamburg«)

In diesen jeweils drei Wochen machten wir sehr schöne Reisen. Z.B. nach Rhodos flogen wir, auf die griechische Blumeninsel, nach Helsinki, die nordische Hafenstadt mit dem kühlen Flair, Wien mit seinem

Charme, voller Musik und immer wieder nach Bad Bevensen zum erholsamen Thermalbad.

Auch auf diesen Urlaubsreisen gelang mir das Verdrängen. Vom ersten Erlebnistag an konnte ich Rolf »vergessen« und nur genießen, mit meinem Mann gemeinsam die Schönheiten und Wunder des Neuentdeckten in mir aufnehmen.

Wir wußten, daß die Mitarbeiter des Vereins fachlich gut und menschlich liebevoll mit den mehrfach und schwerstbehinderten Kindern Ferien machten.

Von diesem Verein, den uns die Stationsschwester Maria im Kinderkrankenhaus empfohlen hatte, bekamen wir viele gute Hilfe und Ratschläge und waren dafür sehr dankbar.

Auch zu meiner guten Mutter durften wir nicht nur Eva, sondern beide Kinder bringen, um mal ein Wochenende auszuspannen.

Meine Mutter war im wahrsten Sinne des Wortes mit Leib und Seele »Frau Pastor«, die Frau des Gemeindepastors und begleitete die Arbeit meines Vaters in einer Weise, die heute kaum mehr zu finden ist. Darum bedeuteten die Wochenenden mit den Enkelkindern für beide Eltern gleichermaßen Freude, Verzicht und große Anstrengung.

Wie hatten wir es gut! Von überall bekamen wir Hilfe und Unterstützung.

In der Zeit, als Rolf noch spielen und lachen, lange Geschichten erzählen und mit anderen Kindern »der

Plumpsack geht rum« spielen konnte, besuchte er öfters die Kinderstunde von Frau Ohl. Diese mütterliche und patente Frau nahm das jetzt schwer behinderte Kind mit großer Selbstverständlichkeit mehrmals in diesen Jahren für einige Tage zu sich in die Familie.

Ich erlaube mir, hier ganz bewußt und hoffentlich im Einverständnis, Namen zu nennen. Diese besondere Art von Hilfsbereitschaft ist es auch nach Jahren noch wert, erwähnt zu werden!

Auch die Nachbarin Frau Supprian bot uns immer wieder ihre Hilfe an, ebenso Dorothea Bahnsen und alle drei Wochen hatte ich einen »freien Nachmittag«, wenn die treue Mechthild Bahnsen mit ihrer weißen Schürze zu Rolf kam.

Für Mechthild schrieb ich damals dieses Gedicht:

Ich lasse meine Uhr zu Hause
und ziehe singend in die Stadt.
Der Alltag gönnt mir eine Pause
und Mechthild steht an meiner statt.

Ich greife heut nach Lust und Freude,
genieße einen langen Tag.
Du bleibst bei Rolf in seinem Leide
und sorgst, daß er kein` Mangel hat.

In ihrer besonders warmherzig-liebevollen Umsichtigkeit blieb Mechthild bei Rolf, bis mein Mann aus dem Büro nach Hause kam.

Und nicht nur an diesen Abenden hat der Vati seinen Sohn gewaschen, gefüttert und für die Nacht zurecht gemacht.

Die täglichen Bedürfnisse

Auch hier gilt, wie an anderer Stelle schon einmal erwähnt: Was in einem Satz gesagt ist, war ein mühsamer und in kleinsten Schritten über Wochen ausprobierter und eingeübter Erfolg im Leben mit einem Kind im Koma.

Da ging es zunächst um die elementarsten Bedürfnisse des Alltags.

Das Füttern.

Der Versuch, Rolf kleinste Brothäppchen anzubieten, war vergebens. Er behielt die Stückchen im Mund, ohne sie hinunter schlucken zu können. Kauen ist offensichtlich ein bewußter Vorgang. So blieb es beim Füttern von Milchbrei, passiertem Obst, Fisch und Gemüse. Alle notwendige Flüssigkeit mußte angedickt sein, damit Rolf sich nicht verschluckte. Ihm 200 gr. Brei zu geben dauerte meistens eine halbe Stunde. Und wie oft war alles umsonst! Die immer bereit gehaltene Nierenschale fing den Schwall, der zurück kam, wieder auf.

Nie wußten wir, ob Rolf hungrig oder satt war, ob er Durst hatte oder ob das Essen ihm zu heiß war. Es gab keine Reaktion.

Wenn mein Mann das Kind fütterte, machte er den Milchbrei für mein Empfinden übermäßig süß. Sein Söhnlein sollte es gut haben!

Die Verdauung.

Durch die ausschließliche Breinahrung, die Bewegungslosigkeit und die Erschlaffung der Darmmuskulatur wurde die Verdauung zu einem besonderen Problem. An jedem 2. Tag gaben wir pflanzlichen Abführsaft in den Brei, gemahlenen Leinsamen oder Pflaumensaft. Nur mit Hilfe eines Glycerineinlaufs und ruhiger, gleichmäßig kräftiger Darmmassage gelang das Abführen.

Unser Schlachter, bei dem ich zartes Hühnerfleisch zum Passieren kaufte, polterte arglos und nicht böse gemeint, obwohl er Rolfs Situation kannte: »Geben sie ihm mal ´ne ordentliche Haxe, dann wird er schon Verdauung kriegen!« Meine Nerven waren so angespannt, daß ich kaum tränenlos den Laden verlassen konnte.

Die Pflege.

Da es zu der Zeit noch keine »Pampers« gab, mußte Rolf wie ein Säugling gewindelt und entsprechend gepflegt werden. Für die Badewanne erfanden wir eine spezielle Liege und es war Sache des starken Vaters, das Jahr um Jahr größer und schwerer werdende Kind vom Bett in die Badewanne zu tragen. Ob Rolf das warme Wasser als wohltuend empfunden hat? Wir hätten es ihm gewünscht.

Fast waren wir stolz darauf, daß durch unsere größte Sorgfalt dieses absolut pflegebedürftige Menschenkind niemals wund oder durchgelegen war.

Die Kleidung.

Die immer stärker werdenden Kontrakturen in den Arm-und Handbeugen, die spastisch verkrampften Hüften und die wiederum schlaffe Muskulatur des Rumpfes erschwerten das Ankleiden erheblich. Nur dehnbare Strickkleidung war günstig. Da half uns die Wolldecke für die Knie, die die Uromi Rolf zur Taufe gestrickt hatte.

Ach ja, – die Uromi!

Immer, wenn sie uns vor den Operationen besucht hatte, spielte sie mit Rolf

»Eisenbahnfahren nach Bremen.«

Dort wohnte jene Patentante von mir, die sehr Anteil nahm an Rolfs Leben. »Nach Bremen fahren« war ein bequemes Spiel für die alte Uromi und den herzkranken und daher kurzatmigen »Schaffner« Was der kleine Körper an Kraft sparen mußte, sprühte er an Fantasie: Fahrkarten mußten vorgezeigt werden, Reiseziele beschrieben, Ankunftszeit in Bremen mitgeteilt werden, u.s.w. Dafür saßen sich beide in Sesseln gegenüber, wie in einem Eilzug der Bundesbahn.

Bundesbahn, das war doch Vatis Arbeit, davon mußte doch der Junior auch etwas verstehen!

Nun lag die Uromi auf dem Sterbebett, sprach kaum noch und ruhte dem Tod entgegen.

Aber als ich sie in ihren letzten Tagen besuchte fragte sie sofort:« Was macht Er?«

Das waren die letzten Worte, die ich von meiner treu-fürsorglichen Großmutter gehört hatte, und darin lag alles: Wie geht es ihm? Ich denke an ihn. Ich habe ihn sehr lieb!

Ich habe dich sehr lieb!

Auch Gisela, die Patentante von Rolf, strickte für ihn. Die schöne dicke Norwegerjacke mit Kapuze und ebensolche langen Strümpfe machten es möglich, mit Rolf auch an kühlen Tagen hinaus zu fahren.

Lebens – Jahre mit guten und traurigen Tagen

Rolf wurde älter und größer, aber er behielt fast unverändert sein Kleinkindgesicht.

Darum sah er – besonders in dieser Norwegerjacke – so niedlich aus, daß die Menschen unterwegs ihn oft anlächelten. Sie wußten ja nicht, daß Rolf nicht reagieren konnte, das Lächeln nicht erwidern konnte.

Ein etwa 4-jähriger Junge fragte:« Darf ich ihn streicheln?« »Komm da weg!« rief erschrocken die Mutter.

»Nein«, sagte ich, »du darfst ihn streicheln, das hat er sicher gerne.«

Ähnlich war ein anderes Erlebnis an einem Sommertag. Es war sehr heiß, ich hatte Rolf nur leicht angezogen, T-Shirt, kurzes Höschen und an den Füßen Kniestrümpfe.

Uromis Wolldeckchen lag leicht über den Knien. So leicht bekleidet war seine Spastik deutlich sichtbar. Trotzdem fuhren wir durch den nahen Park mit den alten schönen Bäumen. Unbemerkt gesellte sich ein etwa 7-jähriges Mädchen zu uns. Ohne zu sprechen ging sie neben dem Rollstuhl her und nahm mein Schrittempo auf. Sie versuchte, ihre Handgelenke so zu verdrehen, wie sie es bei Rolf beobachtete. Das war neu für sie, hatte sie offensichtlich noch nie gesehen. Immer wieder verglich sie die Handgelenke, schaute mich von Zeit zu Zeit an, als wolle sie fragen, ob es so richtig sei. Dann entdeckte sie Rolfs ebenfalls durch die Spastik verformten Spitzfüße. Das Mädelchen probierte, auf Zehenspitzen zu gehen. Dazu hielt sie sich ungeniert an Rolf fest. Alles tat sie sehr bedächtig, sehr natürlich. Nur schien es sie zu irritieren, daß Rolf sich ihr nicht zuwandte, ihre Bemühungen nicht verfolgte. Als die Mutter, die weiter gegangen war, ungeduldig rief, flitzte sie mit einem »Tschüß« davon.

Ein anderes Mal kam ein Kind geradewegs auf uns zu und fragte: »Was hat der?« Wie sollte ich so schnell und mit wenigen Wörtern antworten. Ich log ein bißchen: »Er hatte einen Unfall.« Unfall – das war ein Wort, das einerseits ein wenig der Tatsache entsprach, andererseits heute leider häufig zu hören ist. »Schade! – Mein Papa hatte auch einen Unfall« Und noch ein »Schade«, und damit verschwand das Kind so schnell, wie es gekommen war.

Wieviel natürlicher Kinder als Erwachsene denken, handeln und sprechen habe ich oft gemerkt.

Am stärksten von allen gedankenlos taktlosen Bemerkungen traf mich mein Vater:

»Keine Angst, der tut nichts!« So sagte er zu einem Taxifahrer, der uns nachhause fahren sollte und sich durch Rolfs unkontrollierte Jauchzer etwas erschrocken hatte.

Ein besonderes Erlebnis hatte mich in atemstockende Aufregung versetzt:

Ich kam gegen Mittag vom Einkaufen, hatte Rolf wie so oft für diese Zeit in sein Bett gelegt. Ich wußte, daß ihm – gut gelagert – nichts passieren konnte, da er sich nicht selbständig bewegte.

Als ich seitlich am Haus das Fahrrad abstellen wollte, sah ich aus unserem Badezimmerfenster zwei Männerbeine heraushängen. Das war für sich gesehen ein eher komischer Anblick. In Wahrheit stieg gerade ein Dieb in unser Haus. Mein erster Gedanke galt Rolf! Was wäre passiert, wenn ich 10 Minuten später nach Hause gekommen wäre? Ahnungslos sowohl der Einbrecher, als auch Rolf! Ich rief erregte und vielleicht sinnlose aber sehr laute Schimpfsätze, die den Mann veranlaßten, wieder aus unserem Fenster auszusteigen. Erstaunlich ruhig machte er sich aus dem Staub.

Erst, nachdem ich mich vergewissert hatte, daß Rolf nichts passiert war, sich kein zweiter Dieb im Haus befand, rief ich die Polizei.

Wieder einmal wurde mir Rolfs Hilflosigkeit bewußt.

Nach vielen Monaten deuteten wir ein wohliges Schmatzen beim Füttern dafür, daß ihm das Essen schmeckt. War das Einbildung? Oder hatte sich doch etwas verändert?

Waren es Reaktionen auf immer und immer gleiche, wiederholte Abläufe? Lauschte er wirklich, wenn vertraute Menschen in das Zimmer traten und ihn mit bekannten Stimmen ansprachen? So genau kannten und beobachteten wir unser Kind, daß wir minimalste Lichtblicke in der Dunkelheit des Koma aufleuchten sahen. Ja, er lächelte sogar! Manchmal strahlte er über das ganze Gesicht und tat einen lauten Jauchzer, wenn wir ihm etwas erzählten und dabei rhythmisch auf seine Hände klopften. Solche Momente machten uns glücklich!

Etwa in dieser Zeit bekamen wir einen sehr persönlichen, handschriftlichen Brief von dem Londoner Arzt Mr.Graham: »Liebe Frau Scheunemann, lieber Herr Scheunemann!

Vor einigen Wochen traf ich Herrn Dr. Keck aus Eppendorf und wir sprachen natürlich auch über ihren Rolf... Die Veränderungen in Rolfs Zustand machen ihre eigene Haltung sicherlich seelisch noch belastender als sie die Situation sowieso schon macht. Denn leider ist ja die »Besserung« kein Zeichen dafür, daß in den obigen Regionen des Gehirns eine Wiederkehr von Funktionen erfolgt ist. Es sind mehr die automatischen Teile, die ihn jetzt schlucken u.s.w. lassen. Auch das unerklärte und bedeutungslose Weinen ist bei solchen Stadien oft vorhanden. Gott sei Dank leidet Rolf nicht und das soll ihnen eine Beruhigung sein. Doch ist es so, daß wir Menschen uns von den Verlusten innerlich weniger trennen, als von den Gewinnen.

Wir alle wünschen ihnen, daß sie die Stärke und Geduld behalten, ihr schweres Schicksal in Rolfs Sinne zu ertragen. Wir senden ihnen die besten Grüße, Ihr Gerald Graham, B.A.M.B.«

Über diesen Brief haben wir uns einerseits sehr gefreut, über dieses »Sich an uns erinnern«. Aber diese, wenn auch freundliche Offenheit, die nüchterne Wahrheit über Rolfs Leben dämpfte in mir selbst vorgespieltes Glücksgefühl, das ich bei Rolfs strahlendem Gesicht empfand.

Dann war mir, auch nach Jahren noch, zum Weinen zumute. Ich drückte ein paar Tränen in Rolfs Haar und ermahnte mich auch bald wieder: Christa, weinen kostet Kraft und die brauchst du für die ganze Familie! Darum laß es!

So verstrichen die Jahre.

Wir wurden oft gefragt: »Und was macht ihr, wenn Rolf noch größer wird und ihr ihn nicht mehr heben und tragen könnt?« Darauf haben wir nur antworten können:« Wir wissen es nicht und das ist heute nicht wichtig. Heute ist ein Tag, an dem wir zusammen leben können.«

Uns begleitete Rolfs Taufspruch aus Jesaja 43: »Fürchte dich nicht, denn ich habe dich erlöst, ich habe dich bei deinem Namen gerufen, du bist mein.« Das gab uns Mut für das Leben mit Rolf.

Ich hatte irgendwann einen Satz gelesen, der mir in diesen Zeiten immer wieder in den Kopf kam: Kein Leben besteht nur aus Erfolgen. Kein Leben besteht nur aus Niederlagen.

Manchmal empfanden wir den Lebenssinn unseres Kerlchens darin, daß uns durch ihn Freundlichkeit anderer Menschen entgegen kam. Und bekanntlich kehrt Freude, die man bereitet, in das eigene Herz zurück.

Es ging uns wirklich vergleichsweise zu anderen Familien mit einem behinderten Kind sehr gut!

Wir wohnen im Parterre. Darum konnten wir mit Rolf im Rollstuhl im Garten sein nachdem ein befreundeter Tischler uns eine Rampe für die Stufen aus der Veranda auf die Terrasse baute. Er tischlerte uns auch aus dem ehemaligen Kinderbett ein Spezialbett, höhenverstellbar, mit aufstellbarem Kopfteil und auf Rädern. So konnten wir im Sommer auch das Bett in den Garten rollen. Rolf sollte viel Luft und Licht atmen können!

Monatelang hatte ich vergeblich Prospekte aller Autohersteller durchgesucht nach einem Kombiwagen mit Kastenaufsatz, wie sie heute inzwischen serienmäßig von vielen Firmen hergestellt werden.

Darum denken wir gerne an Gesa Schöch, eine Chormitsängerin. Ohne, daß wir sie gebeten hatten, lieh sie uns ihr Auto, einen Kombiwagen, in dem sich mühelos der nicht faltbare Rollstuhl transportieren ließ. Außerdem hatten wir für ein Wochenende oder einen Ausflug von zwei Tagen viel Gepäck für Rolf: Liege-und Lagerungshilfen, Vliesunterlagen, Windeln, Spezialnahrung, usw.

Dank Gesas Auto konnten mein Mann und ich z.B. an den schon erwähnten Chorfreizeiten teilnehmen, die unsere ganze Freude waren.

Die ungewohnte Unruhe und die dort nicht so ganz exakt einzuhaltenden Zeiten wirkten sich zwar bei Rolf negativ aus, aber das mußte dann auch mal für ihn der Preis dafür sein, daß er in unserer Familie leben konnte und nicht in einem Heim für mehrfach behinderte Kinder.

In solcher Einrichtung hatten wir unseren Sohn zwar vorsorglich vorgestellt und auf unbestimmte Sicht vormerken lassen. Doch war das nur für einen Notfall geplant. Sollten wir Eltern durch Unfall oder Krankheit ausfallen, so hätten wir eine bestmögliche Alternative vorbereitet.

Noch – so sagten wir Jahr um Jahr – wollten wir unseren Stöpsel bei uns behalten, auch wenn sogenannte wohlmeinende aber eher verletzende Mitmenschen sagten: »Ihr könnt doch gar nicht frei leben, vor allen Dingen Heiner, der Ärmste, muß sich so einschränken, auf vieles verzichten.«

Mich traf solches Gerede sehr, weil ich auch Angst hatte, es sei ein Körnchen Wahrheit dabei. Der Kommentar meines Mannes war schlicht: »Unsinn! Rolf ist doch auch mein Kind!«

Und Eva? Unsere inzwischen mit der Krise der Pubertät kämpfende Tochter? Ihr Drang nach Freiheit war heftig. Die zeitweilige Ablösung von den Eltern war altersgemäß. Natürlich war Rolfs besondere Situation eben doch Familien-Situation. Eva machte uns nie Vorwürfe, beklagte sich nie über mangelnde Anerkennung und Verständnis, obwohl es sicher so war. Erst Jahre später gestand sie, daß sie uns damals mit ihren Problemen verschonen wollte, um uns nicht zusätzlich zu belasten und sich darum an ältere Freunde angeschlossen hatte.

Koma ist keine Krankheit

Rolfs Lebenszeit ging weiter, immer noch weiter. Ärzte und Therapeuten und auch wir Eltern hatten in London auf der Intensivstation niemals gedacht, daß Rolf noch so viele Jahre Lebenskraft haben würde.

Auch in Eppendorf, wo wir ihn von Zeit zu Zeit vorstellten, schien Rolf ein »Ausnahmefall« zu sein. Die Überlebenschancen von Komapatienten waren in den 70er Jahren noch sehr gering.

Heute, im Jahr 2006, gibt es Kliniken für Wachkomapatienten und Interessenverbände für Patienten mit Apallischem Syndrom. In den vergangenen 30 Jahren hat die Hirnforschung eine beachtenswerte Entwicklung gemacht.

Uns nutzten die erstaunten, ungläubigen oder auch positiven Bemerkungen der Ärzte nicht viel. Wir waren dankbar, daß die Kinderärzte Dr. Siebert und später Dr Främcke zu uns ins Haus kamen, auch einmal ein uns bekannter HNO-Arzt und ein Orthopäde.

Entscheidend helfen konnten sie nicht, aber uns tat die Freundlichkeit und das Entgegenkommen durch Hausbesuche bei diesem schwerst-mehrfachbehinderten Kind sehr gut.

Wir hatten gelernt, daß Koma und auch das Wachkoma keine Krankheit ist, sondern das Symptom schwerster Störung des Großhirns. Auch die für Spastiker typischen Fehlhaltungen der Hände und Füße und die zentrale Blindheit waren Folgen der schweren Störung der Großhirnfunktion und keine Krankheit!

Jedoch: Krankheiten haben in der Regel Heilungschancen, sind vorübergehend!

Wir hatten die Hoffnung, Rolf würde aus dem Koma erwachen, aufgegeben Aber wir hatten Rolf nicht aufgegeben! Uns wurde der Begriff von der Würde des Menschen wichtig. Auch Rolf hatte, so wie er jetzt war, noch Anspruch auf Menschenwürde!

Darum hatte ich so empfindlich auf die Bemerkung reagiert: »Der tut nichts«. Wer ist »der«? Der beißt nicht? Das Tier? Der Mensch? Ich war überempfindlich.

Traurig machte mich auch eine Situation bei einem Familientreffen:

Es war ein fröhliches Wochenende. Drei Generationen trafen sich bei den Großeltern.

Ein seltenes, gelungenes Wiedersehen mit dem stolzen Präsentieren der jüngsten Enkelkinder. Natürlich war Rolf auch dabei.

Nach dem Frühstück tobten Große und Kleine durch den Garten der Großeltern, spielten Fangen und Fußball. Plötzlich rief jemand: »Nimm doch mal den Rollstuhl da weg!« Nicht etwa »Kinder, seid vorsichtig, rennt nicht den Rolf um.« Nein: Nimm doch mal den Rollstuhl da weg.

Am frühen Nachmittag sollte im Garten das traditionelle Gruppenfoto gemacht werden.

Man rückte zusammen, damit alle gut auf das Bild kommen: Die Kleinen vorne, die Langen nach hinten. »Bitte recht freundlich! Achtung!« Niemand bemerkte, daß Rolf, der noch für den Mittagschlaf im Bett lag, nicht dabei war.

Ich schlich mich ins Haus zu meinem bewegungslosen, stummen Stöpsel.

Nach kurzer Zeit stand meine Schwester Renate neben mir und legte ihren Arm über meine Schultern. Sie hatte beobachtet, daß ich fort ging.

Ich weiß heute nicht mehr, ob das Familienfoto wiederholt wurde. Niemand hatte etwas Böses gewollt. Vielleicht war es die lockere Vertrautheit untereinander. Oder es war die über Jahre zur Gewohnheit gewordene Anwesenheit des behinderten Kindes, daß unsere Familie Rolf keine Sonderstellung, keine bevorzugte Beachtung mehr entgegen brachte.

Ich hatte inzwischen nicht mehr immer die nervliche Kraft, alles positiv zu bewerten.

Hamburger Behörden

Doch wir erfuhren auch viel wirklich positives. Zum Beispiel von den Hamburger Behörden.

Für die »Gastweise Unterbringung« im» Hamburger

Spastikerverein « beantragten wir bei der Sozialbehörde einen finanziellen Zuschuß. Ein blinder Sachbearbeiter studierte Rolfs Akte. Daraufhin veranlaßte er ein monatliches Blindengeld für das Kind mit der Begründung, daß mit dem Hirnausfall ein Sehunvermögen verbunden sei.

Eines Tages klingelte es an unserer Haustür. Es besuchte uns ein Mitarbeiter des Straßenbauamtes. Man habe vor, an Straßenübergängen die Kantsteige der Fußwege abzusenken. Herr B. hatte uns mit Rolf im Rollstuhl beobachtet. Er wollte von uns die Straßen genannt haben, die wir am Häufigsten benutzten, damit diese vorrangig bearbeitet würden.

Solche behördlichen Aufmerksamkeiten taten uns sehr wohl und müssen erwähnt werden!

Ebenso das Schreiben von der Hamburger Schulbehörde: »Sehr geehrter Herr Scheunemann, aufgrund des Schulgesetzes über Aufnahme in eine Sonderschule ergeht folgender Bescheid: Da ihr Sohn Rolf, geb. 9.6.1968, sonderschulbedürftig, aber nicht hinreichend entwickelt ist, um mit Erfolg am Unterricht teilzunehmen, wird er für ein Jahr vom Schulbesuch zurück gestellt. Für die Zeit der Zurückstellung wird ein Hausunterricht angeordnet. Mit freundl. Gruß, Dr. H. Oberschulrat«.

Ein typischer Behördenbrief, ein fertiger Vordruck, gedankenlos ausgefertigt. Wir sahen über die ungewollte Ironie des Wortlautes hinweg. Man hatte uns wahrgenommen, an uns gedacht. Das zählte im Augenblick. Wir wären doch niemals auf die Idee gekommen, einen diesbezüglichen Antrag zu stellen, für ein Kind im Koma!

Fortan kam über Jahre jeden Mittwochnachmittag für zwei Stunden eine sogenannte Hauslehrerin. Bei schönem Wetter fuhr sie ihren »Schüler« im Rollstuhl spazieren.

Noch bequemer war es für sie bei kaltem und nassem Wetter. Dann brauchte sie nur lesend oder Handarbeiten machend neben Rolf zu warten, bis ich nach Hause kam. Mir dagegen ermöglichten diese zwei Stunden einen Besuch beim Friseur oder einer Freundin.

Auch das mußte ich erst lernen. Nicht immer war mir genau an dem Tag und zu der Stunde nach »ausgehen« zumute, zumal ich ständig auf die Uhr schauen mußte, um pünktlich nach »Schulschluß« wieder zuhause zu sein.

Gegen die Stille

Besser fühlte ich mich an den regelmäßigen Nachmittagen, wenn Christel zu mir kam.

Das waren unsere »Putz –und Flickstunden«. Christel brachte zerrissene Hosen und Strümpfe einer Familie mit drei Jungen mit, für mich gab es auch immer etwas zu nähen oder zu reparieren. Um uns für diese nicht gerade begeisternden Arbeiten zu entschädigen, tranken wir manch Gläschen Sherry, klönten und klatschten und genossen den Nachmittag: Christel, die allein lebende Freundin und ich, da mir oft die sehr stillen Stunden mit dem teilnahmslosen Kind lang wurden.

Wenn morgens Eva sich auf den Schulweg gemacht hatte und mein Mann längst im Büro war, richtete ich mir den Tagesrhythmus mit Rolf so ein, daß ich ihm seinen Frühstücksbrei zu der Zeit gab, wenn im Rundfunk, auf N3, Hans Paetsch oder Gerd Westphal Literatur vorlasen. Die Sendung »Am Morgen vorgelesen« wurde zu einem wohltuenden Ausgleich gegen die Stille im Haus.

Auch meinem Mann fiel diese Stille, die Kommunikationslosigkeit schwer, wenn er abends Rolf wusch, pflegte und fütterte. Da half ihm die Erinnerung daran, daß Rolfi früher, als er noch singen konnte, Spaß an Schlagern hatte: Udo Jürgens »Zeig mir den Platz an der Sonne...«, »Casatschok«, Danyel Gerad »Butterfly« oder Heintje.

Wir gewöhnten uns an, in diesen frühen Abendstunden, während wir Rolf versorgten, die Schlagerparade zu hören. Und immer wieder hatten wir den vagen Gedanken, dieses Menschlein im Koma könne zwar hören, das Gehörte aber nicht zum Ausdruck bringen.

Gerne fuhr ich mit Rolf in unsere kleine Einkaufsstraße, die von Siegfried Lenz so trefflich beschrieben wurde. Hier konnte ich die häusliche Stille, meine Traurigkeit oder die Langsamkeit des Tages vergessen. Hier traf ich Nachbarn und Freunde und auch wir waren mittlerweile bekannt, mit dem friedlich vor sich hin schauenden Jungen in seinem Rollstuhl. Wenige wußten, wie es um Rolf wirklich stand. Aber alle, denen wir begegneten, waren freundlich oder fragten auch mal interessiert. Zum Glück war die Zeit längst vorbei, da behinderte Menschen verschämt in Anstalten versteckt wurden. Auch kam uns zugute, daß oft Kinder der nahe gelegenen Schule für Körperbehinderte mit ihren Betreuern einen Ausflug in die Waitzstraße machten.

Rolfs Familie

So lebten wir, oft sehr traurig, verzagt, meistens jedoch mutig, gelassen, auch fröhlich und dankbar mehr als 12 Jahre lang.

Eva, unsere erwachsene Tochter, hatte nach der Schulzeit 4 Jahre in London gelebt. Nach Erfahrungen als Hotel-Rezeptionistin machte sie ihr eigenes Reisebüro auf.

London wurde auch im Leben unserer Tochter zur Wendemarke. Zurück in Hamburg lebte sie erst wieder bei uns, hatte dann ihre eigene Wohnung und konnte beruflich ihre Reisebürokenntnisse weiter ausbauen.

Auch Eva liebte ihr Brüderchen, obwohl sie seinetwegen oft zurückgesetzt wurde und wir ihr vielleicht sogar nicht immer genügend Aufmerksamkeit geschenkt hatten.. Im Rückblick heute dazu befragt sagt Eva: »Ich war nicht immer glücklich, aber ich sah ja ein, daß es nicht anders ging.«

Im Gegensatz zu manchem Leben mit einem behinderten Kind zerbrach unsere Familie, unsere Ehe nicht an diesem Schicksal.

Das hatten wir im Wesentlichen meinem Mann, dem Vater zu verdanken. Mit liebevoller Geduld, ihm selbstverständlicher Rücksichtnahme und tatkräftiger Hilfe, auch im Umgang mit dem schwerst-mehrfach behinderten Sohn, trug er dazu bei, daß Rolf keine Last, sondern unser kleines Glück blieb!

Dabei half ihm sicher als Ausgleich, daß er Freude an seinem Beruf hatte, gerne mit den Kollegen in der Bundesbahn-Direktion zusammenarbeitete und dort auch Erfolg hatte.

Ich hatte für die Familie den Beruf der Sozialpädagogin aufgegeben. Ich hätte es mir gar nicht anders wünschen mögen, wenngleich ich mir als junge Frau unter Familienleben etwas anderes vorgestellt hatte. Mit meinem Schicksal zu hadern, entsprach nicht meiner Natur. Nun liebte ich meine Familie so, wie sie war und es machte mir Freude, für alle, besonders für Rolf, ständig »Lebensverbesserungsideen« (wie meine Mutter es nannte) auszutüfteln und in die Tat umzusetzen.

Sterben in Würde

Im Frühjahr 1985, im 13. Jahr nach der folgenschweren Herzoperation, entwickelte sich eine Erkältung zu einer Lungenentzündung. Rolf bekam Fieber und Atemnot. Alle herkömmlichen Hausmittel schlugen nicht an. Wie stärkere Medikamente sich auf diesen Körper im Koma auswirken würden, wußten wir nicht.

———————————

Am späten Nachmittag rief ich meinen Mann im Büro an und bat ihn, nachhause zu kommen. Ich spürte, daß der Abschied von Rolf nahe war.

Zufällig zur gleichen Stunde besuchte uns der Kinderarzt Dr. Främcke. »Soll ich Rolf mit Sauerstoffbeatmung unterstützen?«

Wir Eltern hatten das Leben unseres Kindes als ein besonderes, außergewöhnliches Geschenk angenommen, das wir jetzt nicht künstlich verlängern wollten. Nun gehörte zur Würde des Menschenlebens auch die Würde des Sterbens.

Ehe wir diesem Gedanken nachhängen konnten, schlief Rolf ein, ganz still, ganz entspannt, ganz mühelos.

Aus der Traueransprache für Rolfs Beerdigung von seinem Patenonkel Horst Gloy

Über den Anfang und nun auch über das Ende des Lebens Eures Sohnes und Bruders habt ihr das Wort des Propheten Jesaja gestellt, das unser Herz fest und stark machen will: »Fürchte dich nicht, denn ich habe dich erlöst. Ich habe dich bei deinem Namen gerufen. Du bist mein«.

Kann etwas Tröstenderes und zugleich Ermutigenderes über unser Leben und Sterben gesagt werden, als dies? »Du bist mein!«

Hier werden wir nicht angesprochen als an Können und Leistung Gemessene, auf Schönheit und Gesundheit Geprüfte. Hier erfahren wir uns in der Tiefe der Trauer als Bejahte und Getragene. Es ist kein Wort des Besitzanspruches: Du bist mein.

Es führt uns in den Grund aller Freiheit und an die Quelle unseres Lebens. Es ist der Ruf Gottes unbegrenzter Liebe. »Ich habe dich bei deinem Namen gerufen«: Auch Rolf in seinem beeinträchtigten Leben hat einen Namen bei Gott!

Gerade dieses Kind war für euch und viele, die es kannten ein Lehrmeister des Lebens, mit seinen kleinen Kräften, mit den wenigen Äußerungsmöglichkeiten, die ihm noch verblieben waren. Im Angesicht dieses Kindes hat Gott uns Bescheidenheit gelehrt, aber auch unseren Mut gestärkt, deutlich

und klar für jedes Leben in seiner Schöpfung einzu-
treten. Amen.

An Rolfs Grab

Weißer Marmorstein an deinem Grab,
eingeritzt dein Name.
Dein Name bleibt
immer marmorweiß in mir.

Gelbe Blumen pflanz` ich auf dein Grab.
Gelb, die Farbe der Sonne,
das Licht des Lebens.
Sonnenlicht auf deinem Grab.

Thujahecken grünen um dein Grab,
grünen Tag und Nacht,
Sommer und Winter.
Alle Zeit ist Leben in dem Grün.

Weinen darf ich auch an deinem Grab,
Tränen der Liebe
auch Jahre danach.
Jahre der Trauer und Liebe.